KB244082

밤에 온 편지

최해돈 시집

밤에 온 편지

오늘의문학사

제2부

● ● ● 차례

제3부

제1부

세월

바람과 함께 걷고 있을 때
눈(雪)이 내리고 있었습니다

바람

빽빽한 숲 사이를
바람이 빠져 나간다
바람이 빠져나간 빈자리에
다시 바람이 불어온다

겨울새

시집을 읽으면서도 시가 그립습니다

그대가 곁에 있어도 그대가 그립습니다

길을 걸으면서도 길이 보고 싶습니다

눈(雪)을 맞으면서도 눈이 보고 싶습니다

눈(雪)

머언 추억의 그림자들이
가만가만
땅 마을로 내려오는 거다

어린 시절 꾸었던 꿈들이 자라
송이송이
그리운 사랑의 열매가 되어
사람의 마을로 내려오는 거다

가만가만
송이송이

소리 없이 흩날리는 하얀 눈아

겨울밤

밤바람이 차다
고요에 묻혀 시집을 읽으며
생각의 발자국을 따라가 본다
밤바람이 찬
겨울밤

세모(歲暮)

칼바람 부는 날
밤

보름달이 추위 달달 떨다

가로등도
소나무도
전깃줄도

추위 달달 떨다

로터리

너와 내가 머물다 간 로터리
해도 달도 바람도 머물다 가네

헤아릴 수 없는
기다림
설레임

수많은 날을 우리는
별 같은 사람이 되고자
별 같은 약속도 했으리

로터리를 떠났던 사람들이
결국은 로터리로 돌아오고

그리운 사람 떠나고

그리운 사람 하나 둘 떠나고

그리운 것들 내게서 멀어져 가고

나도 이곳에서

저 그리운 곳으로 떠나고 싶은

바람 없어 더욱 잔잔한

세상사는 일

살면서 가끔
시가 쓰고 싶을 때가 있습니다
신문을 보다가도
서점에 가서 책을 보다가도
시집을 읽다가도
음악을 듣다가도 그림을 보다가도
그러다가 시를 써 보기도 하지만
쓴 시가 맘에 들지 않아
버리고 싶을 때가 있습니다
세상사는 게 다
시를 쓰고 버리는 일인 것 같습니다

뭉게구름

살다 보면 보이는 모든 것이
다
시(詩)가 될 때가 있습니다

살다 보면 생각하는 모든 것이
다
시(詩)가 될 때도 있습니다

또 살다 보면
보이고 생각하는 모든 것이
다
시(詩)가 되어
너무도 고마울 때가 있습니다

여백

길가 모퉁이에 쓸쓸히 서 있는
은행나무 한 그루

은행나무 잔가지에 내려앉는
세월의 무게를
아는 사람은 다 안다

미풍에도 은행나무 잔가지가 부러지는
세상의 진리를
아는 사람은 다 안다

길가 모퉁이에 우두커니 서 있는
은행나무 한 그루

은행나무

돌아보지 마라
갈 길이 멀다
돌아보지 마라
먼 길 떠나기 전
새들도
한 번은
소리 내어 우나니

가을편지

가을바람에 낙엽은 굴러 저토록 나뒹구는데
나는
무엇의 이름으로 나뒹구는가

가을바람에 낙엽은 굴러 저토록 나뒹굴며 또 나뒹구는데
나는
그 무엇의 작은 이름으로

나뒹구는가
나뒹구는가

뻐꾹새

날마다
뻐꾹 뻐꾹 뻐꾹새가 운다
비 오는 날도
나뭇가지에 앉아서 뻐꾹 뻐꾹
하늘 맑은 날도
허공을 날아가며 뻐꾹 뻐꾹
날마다
뻐꾹 뻐꾹 우는 저
뻐꾹새

간이역

나는 누구를 사랑하고 있을까
나는 누구를 그리워하고 있을까

별이 뜬 초겨울에
가로등이 바람에 덜덜 떨고

한낮을 달려온 고요가
낙엽이 되어
어둠 속에 쌓이고 있건만

나는 누구를 사랑하고 있을까
나는 누구를 그리워하고 있을까

별이 뜬 초겨울에

먼 길

홀러간 시간의 조각들은
모두 금빛 모래처럼 반짝거렸다
때론 바람에 낙엽이 흩날리고
자주 비와 눈이 내리기도 하였지만
홀러간 시간의 작은 조각들은
스스로 반짝이며 아름다웠다
빈 들판에 잘 자라는 갈대처럼
사람들도 희망을 마시면 다시 일어날 수 있다는 걸
굳게 믿으며 살아오는 동안
시간은 그렇게 반짝이며 흘러갔다
바람 불고 쓸쓸한 세상의 길가에
가슴 가득 눈이 내린다

하루

대추나무 꼭대기에 검정 비닐봉지 하나
대롱대롱 매달려
신나게 나풀거린다

세차게 바람은 불고
비닐봉지는 나뭇가지에서 달아나려고
안간힘을 쓴다
비닐봉지가 나뭇가지에서 달아나기에는
무척 힘이 든 모양이다

나는 그 모습이 하도 우스워
한참을 웃고 또 웃었다

소리

36

피아노의 소리처럼
나도 누군가에게 매직이 되고 싶다

피아노의 소리처럼
나도 누군가에게 매직이 되고 싶다

시를 쓰면

시를 쓰면
마음이 편해진다
마음이 행복해진다

어둡던 마음에 등불이 환히 켜진다

사랑

생명이 있는 모든 것은
멈추지 않는다
도대체 멈출 줄을 모른다

들어 보아라
쏴아 떨어지는 저 폭포소리를
눈 여겨 보아라
낑낑거리며 앞으로 굴러가는 자동차의 바퀴를

생명이 있는 모든 것은
멈추지 않는다
도대체 멈출 줄을 모른다

생명이 있는 모든 것은

독백

이제 나는 내가 아니다
나는 이제
내가 아닌 새로운 나다

흐르는 강물을 바라만 보는 내가 아니고
스스로 강물이 되어 흐르는 나다
아침 길을 걷는 내가 아니고
스스로 아침이 되어 길을 만드는 나다

그러니 이제 나는
어제의 내가 아니고
오늘, 지금의 나다

늦가을

어둠이 짙게 깔린 늦가을 초저녁
길바닥에 흩어진 낙엽, 낙엽들

낙엽의 옆모습을 보면서
쓸쓸함의 속내를 들여다보기로 한다
어제의 기억을 더듬어보기로 한다
밀려오는 그리움을 생각해보기로 한다
그대가 내게 남겨준
사랑의 참 의미를 헤아려보기로 한다

바람 불면
휙, 날아가 버릴 저 낙엽들은

소

소를 보면
소처럼 일하시는 아버지의 손등이
자꾸만 떠오른다

소가 울기라도 하면
소인 양 음매, 하며 날 키워주신
아버지의 목소리가 들린다

아버지께서 소의 인생을 사신 지가
올해로 꼭 71년째다

제2부

장터

모두 떠난 텅 빈 장터
이토록 쓸쓸할 수 있을까

세월, 너는

세월의 뒷모습이

나무와 나무
불빛과 불빛 사이에서

굴러가고 있어라

나무와 나무, 불빛과 불빛
나무와 불빛 사이에서

어린 아이 손에서 떨어진 은빛 구슬처럼
또르르 또르르

굴러가고 있어라

어둠과 밝음

어둠은 밝음이 있으므로 존재한다
밝음은 어둠이 있으므로 존재한다

어둠과 밝음은

서로 존재를 인식하면서
스스로 존재한다

존재

지금은 한창 겨울인데도
내 가슴은 거꾸로
가을의 늙은 벼 이삭을 줍는다
가을의 들길을 조용히 걷는다
사랑이여, 가을은
나에게 그런 존재다
빈 가슴속을 끝끝내 파고들어
수평으로 살아가는 저 가을은

면도

네모난 거울을 보며
까칠까칠한 수염을 깎으니
세월을 깎으며 살아온 내가 고맙다
내 모습을 자세히 볼 수 있게 도와준
거울이 고맙다
까칠까칠한 수염을 쓱쓱,
잘 자를 수 있게 도와준
면도기가 고맙다
나에게 고마움을 느낄 수 있게
도와준 거울아
고맙다, 고맙다, 정말 고맙다

자화상

지나온 발자국이
바삭바삭 꿈틀거린다

지나온 발자국이
바삭바삭 꿈틀거리다가
하루를 뒤돌아보며
다시 꿈틀거린다

꿈틀거리는 발자국이
더는 꿈틀거리지 않을 때쯤
피곤한 하루가 잠들겠다

가을

아스팔트 위
마른 잎이 여기저기 흩어져 있다
마른 잎 옆을 사람들이 지나간다
사람들이 죄, 쓸쓸해 보인다

여름날

별은 왔다가 어느새 사라지고

바람은 왔다가 어느새 떠나고

멀리 떠난 종이배 다시 돌아오고

그리운 바닷가 기슭 다시 그리웁고

달력을 보며

우연히
빽빽하게 메모 된 달력을
바라본다

꼼꼼히 적힌
연필과 볼펜 그리고 형광펜의 흔적들

흐리고 투박하여 수채화 같은 흔적이
밤하늘 초록별처럼 반짝 반짝

달력은 어느새
별 마을이 되었다

깊은 밤 고요 옆에서

고요가 어둠에 묻히는 깊은 밤
누군가에게 기대어 말하고 싶다

이 밤이 지나면 내일이 온다지만
이 밤, 고요 속에 깊이 빠지고 싶다

지나간 삶이 내겐 구부러진 들길 같았지만
이제는 나도 몹시 추운 날
누군가에게 털장갑 같은 사람 되고 싶다

이 세상을 살면서 몸과 마음이 지칠 때
오뚝이처럼 말없이 늘 일어나는
그리하여 대쪽 같은 자기의 삶을 살아가는
먼 곳의 그리운 사람 만나고 싶다

짝사랑

나는 오늘도
어두운 밤 밝히는 별이 되리니
그대여
어두운 밤이 되어 주오

멸치

아내가 차려준 저녁밥을 먹다가
멸치가 입 안에서 팔딱팔딱하는 걸 느꼈다

멸치는
사는 동안 제 고향에서 팔딱거리다가
죽어가면서 프라이팬 위에서 팔딱거리더니
아니,
죽은 후에도 사람의 입 안에서 팔딱거리다니

멸치의 생이 저처럼 빛나는 것은
오직 평생을 팔딱거리는 까닭이 아닐까

깊은 밤

너무도 고요한
깊은 밤

오늘 하루의 모든 잘못이 용서되는
깊은 밤

하느님의 음성이 들리고

아버님 어머님의 모습이
머릿속에 아롱아롱 거리는
깊은 밤

이 밤 지나면
아침이 밝아오련만

이대로 깊은 밤에 묻혀버리고 싶어
이대로 깊은 밤에 갇혀버리고 싶어

너무도 평화로운
깊은 밤

불빛

어머니께서 담아주신
홍시 상자를 트렁크에서 내리는 순간

상자에 담겨있는 홍시들이
한순간에 불빛을 내뿜었다

그 불빛 속에서
가서 애들하고 먹어라 하고 말씀하신
어머니의 목소리가 들렸다

너에게로 가는 동안

봄이 왔는데도 봄으로 가고 싶다
겨울눈 녹아 시냇물 졸졸졸

이제는 봄이 와
세상 움직이는 모든 것들이
봄의 오후에 누워 호흡을 하는
아, 깊고 푸른 순간들

너에게로 가는 동안
나는 봄으로 가고 싶다

봄의 길을 따라 걷고 싶다

발자국

한 마리 새의
촘촘한 발자국처럼

나도 좀 촘촘해져야 하리

내 마음

흩날리는 낙엽 위에
마음 하나 얹어 본다
바람이 멈출 때까지는
계속 흩날릴

내 마음

별 1

별 하나가
별이 되기 위해서는
꽤 오랜 시간의 순간들이
스치어 갔으리라

별 2

별에 마음 머물다 간 이
얼마나 될까
별이 낳은 사랑의 둘레
그 얼마나 될까

흔적

사랑은
가을 언어로 오고 있었다

모두 떠나가고
바람만이 홀로 쓸쓸한 낙엽을 줍고 있을 때
사랑은
파닥거리는 플라타너스 이파리의 입김으로
내 안에 파고들고 있었다
이제는 잃어버린 추억의 아픈 상처를
채소처럼 파릇한 손으로 보듬어야 할 시간,
눈부신 햇살의 걸음처럼 새로운 미완의 가슴을
싸리비로 쓸어야 할 시간,

모두 떠나가고
바람만이 홀로 어두운 밤길을 걷고 있을 때

사랑은
가을 언어로 오고 있었다

양말

화장실에 양말 한 짝이 벗겨져 있다
양말에게서
흘러온 삶의 냄새가 난다
흘러온 삶의 흔적이 반짝거린다
먼 길을 가기 위해서는
양말을 다시 신어야 한다
바람 부는 세상,
아무도 알아주는 이 없는 쓸쓸함을 견디기 위해서는
어제의 양말을 다시 신어야 한다
어제의 양말을 다시 신고
채소처럼 파릇파릇하게 세상을 걸어야 한다
먼 길을 가기 위해서는

전화 한 통

그리운 사람에게 전화 한 통이 왔다
무슨 얘기를 할까
가슴이 콩닥콩닥
손등이 갈라지는 듯 쌀쌀한 한겨울인데도
마음은 벌써 겨울 지나 봄이다
그리운 사람에게 전화를 받는 동안
머릿속에 머물렀던 구름이
하나 둘 걷히고 있다
머리가 이처럼 시원할 수 없다
그리운 사람은
목소리만 들어도 머리가 시원하고
생각만 해도 마음이
겨울에서 봄으로 직행이다

제3부

바다

바람이 지나간 자리에
쓸쓸함이 머물고 있다

저 멀리 기차가 온다

소원

빈 들판의 바람이 되고파
오늘도 햇살 한 모금 마셨습니다

길 건너 빨간 우체통이 되고파
오늘도 그대를 멀리 보냈습니다

밤에 온 편지

깜깜한 밤이 지나면 새벽이 다시 온다고
어두운 창가에 햇살은 다시 찾아온다고
외로운 이들이 모여 사는 마을에
기쁨의 종소리는 다시 들려온다고

밤하늘 초록별이 내게 말했다

슬픔의 눈물 뒤에 하늘은 다시 환히 열린다고
바람이 지나가면 다시 고요의 눈이 내린다고
물이 흐른 빈자리에 다시 물은 흐른다고

밤하늘 초록별이 내게 말했다

9월 옆에서

비 오는 날 진흙탕물이어도 좋다

햇볕 쨍쨍 내려쬐는 날
길가의 돌멩이어도 좋다

모두 떠난 공원의 쓸쓸한 벤치어도 좋다

9월이
내 곁에 있어만 준다면야

숨결

스스로의 길을 스스로 걸어간다는 건
아직은 숨결이 있다는 거

돌아오지 않을 누군가를 기다리는 건
아직은 숨결이 있다는 거

다시 내일이 온다고 깊은 밤 기도하는 건
아직은 숨결이 있다는 거

살아있는 것들의 무게를 느낀다는 건
아직은 숨결이 있다는 거

내게도 작은 희망이 있다고 굳게 믿는 건
아직은 숨결이 있다는 거

너를 사랑한 후에 또 널 사랑하는 건
아직은 내게, 숨결이 있다는 거

여기서 나는

수레를 끌고 가는 노파의 등 뒤에 진리의 땀은 흐르는데
나는 여기서

빈 들판의 이름 모를 풀잎 하나 아침 바람에 흔들리는데
나는 여기서

세상 구석구석 생명이 있는 곳에 희망은 피고 지는데
나는 여기서

하루를 보내고 또 하루를 보내는 소나무의 여유 강물 따
라 흐르는데 나는 여기서

언덕길도 잠이 들고 저녁 종소리 사람의 마을에 울려 퍼
지는데 나는 여기서

어제 뜬 태양 앞산 꼭대기에 오늘 다시 눈부시게 뜨는데
나는 여기서

고요는 고요를 낳고 침묵은 침묵을 낳는 그대의 밤은 깊
은데 나는 여기서

명제(命題)

지지고 볶고
볶고 지져도

오늘의 태양은
어제의
그 태양인 법

길은 멀고도 아득하여라

지지고 볶고
볶고 지져도

길은 또, 멀고도 아득하여라

오후

이 생명 다하고 나면 난 무엇이 될까

밤하늘 반짝이는 별이 될까
가을날 흩날리는 한 장 낙엽이 될까
별도 낙엽도 아니면
소나기 오시는 날 들판에 핀 꽃이 될까

창문 틈으로 빛줄기 쏟아지는 고요한 오후

신호등 앞에서

우리 가족 네 식구
그저, 건강하게만 해 주십시오

그렇게만 해 주십시오

세상 어두운 길 헤쳐서
밝은 길로 갈 수 있도록
등불 하나 켜 주십시오

그렇게만 해 주십시오

바람 불고 눈 내리는 길목
손에 봄을 들고 갈 수 있도록 해 주십시오

그렇게만 해 주십시오

세상 사람들 발자국 멀어져 가는
칠금동 신호등 앞

날개

세월의 징검다리 건너면서
하루에 5분, 아니 단 1분이라도
두 손 모아 마음을 다하는
기도의 시간이 없다면
어찌하랴
길가의 은행나무 이파리 짙푸르고
새들은 짹짹짹 짹짹
바람은 솔솔 불어 들판은 더없이 따스한데
세상을 살면서 우리가
하루에 단 1분이라도
두 손 모아 정성을 다하는
아, 그 기도의 시간이 없다면
이를 어찌하랴
빈 들판에 기쁨의 종소리 울려 퍼지는데
시냇물은 졸졸졸
하루해는 저물어 가는데

5월 비

가랑가랑
빗소리 들으며
그대와 둘이서 길을 걷는다

비야 내려라

내리려거든
한 사흘쯤 주룩주룩 내려도 좋다
기쁨과 슬픔의 뜨거운 눈물로 내려도 좋다

시간 앞에서

겨울밤의 고요 익어만 가고
흰 종이 위에 긁히는 연필의 소리 더욱 익어만 가고
토끼들의 앞날 걱정하는
아내의 사랑 노래 익어만 가고
수평선을 걸어가는 그 걸음의 무게 익어만 가고
세상 깊은 곳 어둠을 바르는
바람의 언어 자꾸 익어만 가고
아, 그렇게 그렇게
시간은 한 발자국 두 발자국
익어만 가고 익어만 가고

희망의 물

이제는 눈물을 흘리지 마라
다시 일어나 기쁨으로 저녁 들길을 걸어라
세상을 흙처럼 살아가는 사람들아
세상을 흙의 마음으로 살아가는 사람들아
이제는 홀로 눈물을 흘리지 마라
다시 일어나 지는 해의 넉넉함을 보아라
새들은 울다가 제 둥지로 돌아가고
바람도 흔적을 남기고 떠나가고 있다
이제는 흘린 한 방울의 눈물이
뜨거운 햇볕 아래 온몸이 타는
저 들꽃의 몸에 희망의 물이 되라

산

너를 보며 끝까지 걸었다
너를 또 보며 끝까지 걸었다
아득히 먼 세월의 들판에서
다시는 헤어지지 말자고 다짐도 하면서
밤하늘 달을 보았다
인생의 참 의미를 알고자
산을 오르며 산을 보았다

적막

칠금공원 안
적막이 공원 구석구석에 흐른다
매일 아침 운동하던 사람들이
비가 오니
한 사람도 보이지 않는다
나는 우산을 들고 빗속을 뚫고
꿈을 마시며 공원을 걷는다
다다다다 닥
들리는 건 우산의 몸을 때리는
빗방울 소리뿐
적막의 조각들이 내 살갗을 비비고
적막하던 마음이 다시 적막해진다
공원 구석구석에 적막이 다시 흐른다

자작나무

강기슭에 어둠이 몰려오고
새가 더 울지 않는다
바람이 조금 분다
우주의 한구석에
살아있는 것들이 하나하나 저물어간다
그리워해야 할 일이 많다
사랑해야 할 사람도 많다
오늘 밤은 잠이 잘 오지 않을 것 같다
어둠이 몰려오는 강기슭에
한 그루 자작나무가 서 있다
자작나무는 말이 없다
침묵이 그의 유일한 벗이다
어두운 밤을 지새우고
삶의 창문이 열리는 새벽을 기다릴 뿐

구두를 닦으며

나는 한때 새벽을 기다리는
밤하늘의 초승달이었으나

나는 한때 세월의 아픔을 쓸어내리는
뜨거운 늦가을이었으나

나는 한때 한 잎 낙엽을 줍는
긴 강둑이었으나

평행선

나와
나 아닌 내가
서로 팽팽해진다

낙엽 한 장
바람에 흩날린다

고향

고향이 그립습니다
고향에 있어도 고향이 그립습니다

고개 숙인 벼, 딱 벌어진 알밤, 붉은 고추, 두 팔 벌린 배
추, 노란 콩잎, 늙은 호박, 나풀거리는 깨 이파리, 대롱대롱
매달린 가지, 부끄럼 타는 홍시, 쓸쓸한 장독대, 낡은 우체
통, 텅 빈 앞마당, 순수의 오솔길, 한가로운 소, 졸고 있는
강아지, 놀라 달아나는 토끼, 제 집 찾아가는 닭, 아버님 어
머님의 목소리,

고향엔 언제나 그리움이 자라납니다

평화

바람 소리가 나지 않았다
나뭇가지도 흔들리지 않았다
빨랫줄의 양말도 그대로였다
약국 앞을 지나가는 사람도 없었다
똑 딱 똑 딱
시침만이 제 길을 가고 있었다

첫눈

어디서 온 소식이기에
그토록
가만가만 오시옵니까

이제는 가만가만 오신
당신의 마음을 읽을 수가 있습니다

먼 길 오시느라
애쓰셨습니다

오셨으니 한 며칠은 푹 쉬셨다가
세상의 들판이 바다가

푸른 꿈을 꾸었을 때 떠나시지요

추억

먼 곳에 있다
더 먼 곳에 있다
걸어서는 다 갈 수가 없다
살아있는 것들의 무게로도
어찌할 수 없으리
지금 창 밖에는
비가 총총히 내리고 있다

1월

찬바람 불어 몹시 추운 겨울밤
외로운 가로등 하나
쓸쓸히 불 밝히고 서 있습니다

서쪽으로 가던 보름달이
추워 덜덜 떠는
가로등을 빤히 내려다봅니다

추워 덜덜 떠는 가로등이
마음의 죄를 모조리 씻어내고

고개 들어 보름달을 보며
환하게 웃는 밤입니다

제4부

가을 소묘

모두 떠난
빈자리

나뒹구는
마른 잎

쓸쓸히 걷는
그림자

갈대

기다리자, 기다리자

기다림은
또 다른 꿈을 낳고

그리워하자, 그리워하자

그리움은
또 다른 희망을 낳고

긍정의 힘

생각해 보면
나를 다스리며 이 세상 여기까지
끌고 온 유일한 것은
내 안에 살아 톡톡, 꿈틀거리는
잠잘 때 꿈에서도 톡톡, 꿈틀거리는
긍정의 힘, 그것이었을 게다

새로운 길

이 밤이 지나면 새벽이 오는 줄 알면서도
새벽을 위하여 기도한다

이 밤이 지나면 희망이 오는 줄 알면서도
희망을 위하여 기도한다

아침에 눈을 뜨면
제일 먼저 하는 침묵의 언어, 기도

하루를 살며 또 하루를 살면서
순간을 영원처럼 하는 기도

세상 모두 조용한 빈 방에 홀로 앉아서
오늘의 흘러감을 감사하는 기도

나의 모든 일상은
기도에서 기도로 통하는 새로운 길이려니

날파리

어디서 날아왔는지
날파리 한 마리 윙윙거린다

날파리가 멀리 가지 않고
내 주위에서 계속 윙윙거린다
아마, 날파리도
자기의 고향이 그리운 모양이다

멀리 가지 않고 계속
윙윙거리니

들길을 걷다

눈이 오는 소리를 듣고자 눈길을 걷다
비가 오는 소리를 듣고자 빗길을 걷다
지난날 울다간 강물 소리를 듣고자 강둑을 걷다
너를 보내고 나를 잊고자 들길을 걷다
다시는 별과 헤어지지 않고자 밤하늘을 걷다

마음이 편해지는 법

등이 굽은 소나무를 쳐다본다
쏴아 쏟아지는 빗소리를 듣는다
저녁노을 보며 들길을 걷는다
도서관에 가서 책과 눈을 맞춘다
창 밖 가로등을 무심히 바라본다
풀잎의 떨림을 손끝으로 느껴본다
성당의 종소리를 고요히 듣는다
빈 의자에 사뿐히 앉아본다

한 편의 시를 읽는다

약속

별처럼 살고자
별들과 하던 약속

길을 걷다가
나를 다스리며 움직이는
발그림자와 하던 약속

지나간 추억을 밟으며 밟으며
새로운 추억을 다시
밟으리라고 하던 약속

비 오는 길을 홀로 걷다가
나 자신에게 하던
약속, 그 약속

건널목

시내 한복판
고요가 세상에 젖는 오후의 건널목

사람들이 멈추었다가 파란 등이 켜지자
일제히 오고 간다

사람들 발걸음이 가볍다
저 발걸음이 햇살인 듯 눈부시다
흘러온 삶의 무게가
발걸음이 되어 꿈틀거린다

오고 가는 나의 사랑아
이제는 저기 저만치 걸어오는
봄을 마시자 봄을 마시자

정물(靜物)

아파트 베란다
어제 본 화초가 제자리에 놓여
움직이지 않는다

거실의 탁상시계도 어제 그 자리
움직이지 않는다

피아노도, 책꽂이도, 빨래 건조대도,
부엌의 밥솥도
어제 그 자리다

다만, 흐르는 건
창밖 어둠을 타고 흐르는 저 고요뿐

까치

어디서 날아 왔는지
까치 한 마리
내가 까치 옆에 살며시 다가가도
좀처럼 날아가지 않고
오히려, 내게 인사를 하고는
사랑스런 눈빛으로 날 쳐다본다
나는 전생에
한 마리 까치였을까
어디 먼 데서 날아온
한 마리 까치의 가족이었을까
까치가 날아가려면
바람의 기도가 있어야 하리
바람의 눈물이 있어야 하리

한 편의 시(詩)

바람 불어 쓸쓸한 날에는
천천히
시집 제목을 읽어 보기로 한다

아무 일 없는 하루, 낮은 음자리, 기다림은 아련히, 숨어
서 우는 노래, 어머니, 따뜻한 슬픔, 고요한 귀향, 그리움이
지면 별이 뜨고, 그리운 사람이 있다는 것은, 바닷가 우체
국, 그대에게 가고 싶다, 아무 것도 아닌 것에 대하여, 그리
운 여우, 외눈박이 물고기의 사랑, 그대가 곁에 있어도 나
는 그대가 그립다, 서울의 예수, 슬픔이 기쁨에게, 새벽편
지, 별들은 따뜻하다, 외로우니까 사람이다, 사랑하다가 죽
어버려라, 눈물이 나면 기차를 타라, 이 짧은 시간 동안, 포
옹, 당신은 누구십니까, 슬픔의 뿌리, 사람의 마을에 꽃이
진다, 둥지 높은 그리움, 맨발, 혼자 타오르고 있었네, 누이
야 날이 저문다, 그 여자네 집, 두두, 말랑말랑한 힘, 누군
가 나를 울고 있다면, 사이, 오늘은 이 산이 고향이다, 스와
니江이랑 요단江이랑, 살아 있는 것들의 무게, 쓰러진 자의
꿈, 滿月, 너를 생각하는 것이 나의 일생이었지,

한 줄 한 줄
시집 제목을 읽어가는 도중에
한 편의 시가 완성되어 가고 있었다

시간

시간이 흘러갑니다
우리 만났다가 정답게 헤어지는 순간에도
시간이 흘러갑니다
내가 널 사랑하고 네가 날 기억하는 동안에도
시간이 흘러갑니다
지금 들녘에 보슬비 내리는 고요 속에서도
시간이 흘러갑니다
우리가 세상의 빛이 되어 희망이 되어
살아가는 이 순간에도
시간은 말없이 저 멀리 흘러갑니다

아이의 얼굴

사랑,
그 너머의 사랑아

가로등

내가 사는 아파트 옆 가로등은

바람의 작은 비밀을 다, 안다
달을 보며 애타게 비는
사람의 마음을 다, 들여다본다
깊은 밤,
고요 속에 흐르는 파도 소리를 다, 듣는다
흘러가는 모든 것은
세월 속에 콩닥콩닥 한다는 걸
다, 안다

내가 사는 아파트 옆 가로등은

새로운 그림

아내와 딸 아들, 셋이서
붓을 물에 빨며 소곤소곤
종이 위에 수채화가 그려지고 있었다

그림 그리는 시간은 연기처럼 피어오르고

완성된 그림이 보고 싶어
내가 고개를 살짝 돌려보니
수채화 그림은 완성되지 않았으나

아내와 딸 아들, 셋이서
주거니 받거니 건네는 말과
붓 놀리는 모습이 하나의 그림이었다

종이학

그대와 나는
바람 부는 강둑에 서서
멀어져가는 새들의 뒷모습을
바라보고 있었습니다

새들은 곧 돌아오리라 약속하였지만
다시는 돌아오지 않아
그대와 나는

새들이 멀어져간 길을 따라
한참을 걷고 있었습니다

홀로 걸으며

온 종일 컴퓨터와 씨름을 하다가
집에 와서 저녁 먹고 또 컴퓨터 앞에 앉는다
무엇이 내 마음을 송두리째 빼앗는가
아직도 내 가슴에 채워지지 않은
한 조각 그리움이 남아 있음인가
오늘도 컴퓨터 앞에서 시집을 읽다가
어디엔가 숨어 있을 시 한 편을 찾아
컴퓨터 여기저기를 샅샅이 뒤적거린다
시를 찾아 한참을 뒤적거리다가
바람에 펄럭이는 시라도 발견을 하면
생각의 꼬리를 물며 깊은 사유에 빠진다
시 마을에 펼치지는 세상을 보면
쓸쓸했던 내 작은 가슴에
어느새 밤송이 같은 눈이 내리고
내 눈동자엔 반짝이는 저녁별을 찾아가는
구부러진 길이 하나 생기고

사이

얼마 전
대형상점에서 사온
몸집이 작은, 소라 한 마리
아파트 거실에서 잘 자라고 있다
하루하루가
소라의 천국이 되어 간다
소라 옆에는 자주 아이가 있었다
때때로 아이는
소라의 몸을 씻어 주었고
소라에게 먹을 것을 주었으며
소라가 심심할 때
곁에서 친구가 되어 주었다
나는 소라와 아이의 사이가 늘 부러웠고
가끔 질투심이 생기기도 하였다
아이는
소라를 정말 사랑하였고
소라와 아이의 사이를
높은 곳에 계신 하느님도 어찌할 수 없었다
그 소라를 사랑한 아이는
내 아들이었다

그대

시간의 이편과 저편 사이
그 사이에
빈 오후처럼 그대가 서 있다

겨울비

사랑이 머물던 자리에
사랑하는 마음이 피어나듯

끝없는 바람의 기도와
끝없는 바람의 침묵으로

나는 태어나고

자성(自省)과 여백(餘白)의 미학
— 최해돈 시인의 시세계

리 헌 석

(문학평론가 · 대전예술단체총연합회 회장)

1. 매직(Magic)이 되고 싶은 시인

피아노의 소리처럼
나도 누군가에게 매직이 되고 싶다
— 「소리」 전문

가슴 떨리는 감동을 맛본 사람들은 그 체험을 잊지 못하게 마련이다. 그것이 설령 스쳐 지나는 순간적인 일이라 하더라도 시인에게는 화인(火印)처럼 깊은 인상으로 남는다. 그렇게 형성된 감동은 시를 빚게 하는 동인(動因)으로 작용하기도 한다. 그래서 시인은 자신이 받은 감동과 유사한 감동을 독자들과 나누기 위하여 작품을 창작한다.

최해돈 시인은 어느 때였을까, 피아노 연주에서 형언할 수 없는 감동을 받은 것 같다. 그 감동은 시인의 내면에 마력(魔力, Magic)과도 같은 힘으로 남아 있게 되고, 그로 인하여 자신도 그와 같은 마력을 문학작품으로 독자들과 공유하고자 한다. 2행의 짧은 시행을 통하여, 자신이 시를 빚는 까닭과 앞으로의 지향을 분명하게 밝히고 있다.

그는 자신의 서정과 내면의 흐름을 문학작품으로 표현하는 데도 일가를 이룬다. 2001년에 『문학세계』 신인상을 받아 등단을 한 후에 한국문협 충주지부, 충주문학회, 중원문학회, 심향문학회, 행우문학회 등에서 열심히 창작활동을 한다. 창작한 작품이 쌓이게 되어, 첫 시집 『밤에 온 편지』를 상재하기에 이른다. 이와 함께 문학 작품의 수준을 높이기 위하여 충주대학교 평생교육원 문예창작반을 수료할 정도로 치열한 창작의식을 보인다.

문학 창작은 외로운 길이다. 자신의 내면을 작품으로 풀어내는 일, 그 작품이 독자들에게 공감대를 형성하는 일 등은 뼈를 깎는 자성에 의하여 비롯된다. 그런 연유일까, 최해돈 시인은 어둠이 밀려오는 강기슭에서 고독한 자작나무로 서있고자 한다.

강기슭에 어둠이 몰려오고
새가 더 울지 않는다
바람이 조금 분다
우주의 한구석에
살아있는 것들이 하나하나 저물어간다
그리워해야 할 일이 많다
사랑해야 할 사람도 많다

오늘 밤은 잠이 잘 오지 않을 것 같다
어둠이 몰려오는 강기슭에
한 그루 자작나무가 서 있다
— 「자작나무」 일부

세상이 모두 어둠으로 저물어 갈 때 그의 서정은 더욱
아름답게 빛난다. 바람에 흔들리는 나무처럼 외로움 속에서
사색에 잠긴다. '그리워해야 할 일' '사랑해야 할 사람'을 생
각하면서 자작나무처럼 외롭기를 자청한다. 〈자작나무는 말
이 없다/ 침묵이 그의 유일한 벗이다/ 어두운 밤을 지새우
고/ 삶의 창문이 열리는 새벽을 기다릴 뿐〉이라는 결구(結
句)에 그의 진심이 투영되어 있다.

저무는 강기슭에서 그가 외롭게 건져 올리는 시의 편린
(片鱗)은 아름답게 빛난다. 강과 들이 맞닿아 있고, 이 들
은 다시 산과 맞닿아 있다. 그래서 시인은 〈아득히 먼 세월
의 들판에서〉 자신을 돌아본다. 이 과정에서 그는 〈밤하늘
달을 보았다/ 인생의 참 의미를 알고자/ 산을 오르며 산을
보았다〉(「산」)고 노래한다. 강에서 찾은 서정의 아름다움
에서 출발하여, 산을 통한 사색의 경지까지 아우르는 작품
을 빚는다.

2. 바람(風)에 의탁한 서정 미학

빽빽한 숲 사이를
바람이 빠져 나간다
바람이 빠져나간 빈자리에
다시 바람이 불어온다
— 「바람」 전문

바람의 속성은 현상으로 드러남이다. 그 자체를 직접 볼 수 없지만, 사물들의 현상에 의하여 바람의 존재를 인식하게 된다. 직접 체감할 수 없지만, 촉각에 의하여 바람의 성향을 분석할 수도 있다. 그런 특성 때문일까, 바람은 은유와 상징의 보조관념으로 자주 원용된다. 때로는 원관념으로 드러나기도 하지만, 보조관념의 성격을 띠는 것이 문학적 완성도를 높인다.

최해돈 시인의 「바람」은 자연 순환의 대유적(代喻的) 제재(題材)인 듯싶다. 빽빽한 숲 사이를 바람이 빠져나가고, 그 자리에 다른 바람이 채운다는 시각은 일반성을 띤다. 졸업생이 학교를 떠나가면 신입생이 학교를 채우는 것, 한 사람이 직장을 떠나면 새로운 사람이 그 자리를 채우는 것, 어떤 사람이 죽어 세상을 떠나기도 하지만, 새로운 생명이 태어나는 것이 세상의 이치다. 이러한 세상의 이치를 간명하게 보여주는 것이 「바람」의 핵심이다.

그는 「세월」을 노래하면서도, 2행의 단형에 간명한 어법을 활용하고 있다. 〈바람과 함께 걷고 있을 때/ 눈(雪)이 내리고 있었습니다〉라고 노래한다. 이 바람은 현상으로서의 바람일 수도 있지만, 태어나서 작품을 창작할 때까지 마주친 삶의 전부를 비유하기도 한다. 그가 바람과 함께 걷고 있을 때, 눈이 내렸다고 한다. 이 '눈'은 사물 자체일 수도 있겠지만, 살아오면서 마주친 자연 현상의 대유라고 해도 무리가 없을 것이다. 그래서일까, 최해돈 시인의 '바람'은 그리움의 색채를 내포하고 있다.

바람이 지나간 자리에

쓸쓸함이 머물고 있다

저 멀리 기차가 온다
— 「바다」 전문

‘바람’은 그의 곁을 무심하게 지나간다. 그 바람이 머물던 자리에는 자연스럽게 ‘쓸쓸함’이 감돈다. 그 때 ‘저 멀리’에서 기차가 달려오고 있다. 말하자면 시인의 쓸쓸한 마음을 달래줄 요소로 ‘기차’가 등장한다. 그 기차를 타고 올 대상이 실제로 존재하거나, 혹은 존재하지 않거나, 또는 이와 무관한 상황이라고 하더라도, 시인이 쓸쓸함을 극복할 수 있는 제재로 ‘기차’가 등장한다. 이 사물은 시인의 내면에 드리워진 ‘쓸쓸함’을 해소할 수 있는 매체로 기능하고 있다. 그리하여 그리움이라는 서정을 생성하게 마련이다.

최해돈 시인은 그리움의 대상을 기다리는데 그치지 않고, 스스로 그리움의 실체로 작용하기도 한다. 4행으로 된 작품 「소원」에서 보면, 그는 〈빈 들판의 바람이 되고파/ 오늘도 햇살 한 모금 마셨습니다〉〈길 건너 빨간 우체통이 되고파/ 오늘도 그대를 멀리 보냈습니다.〉라는 대구(對句)를 보여준다. 그는 바람이 되기 위하여 햇살을 마시는 사람이며, 스스로 그리움을 생성하기 위하여 ‘그대’를 멀리 보내는 사람이다.

그리하여 그는 6행의 시 「구두를 닦으며」에서도 현실의 사물을 노래하지 않고, 사물의 서정적 속성을 추구한다. 그는 〈한때 새벽을 기다리는/ 밤하늘의 초승달〉이었고, 〈한때 세월의 아픔을 쓸어내리는/ 뜨거운 늦가을〉이었으며, 〈한때 한 잎 낙엽을 줍는/ 긴 강둑〉이었다고 노래한다. 이

를 통해 그의 작품은 서정을 통하여, 삶의 진정성을 찾아내
고 있음을 확인할 수 있다.

3. 시간에 담긴 그리움의 미학

시간의 이편과 저편 사이
그 사이에
빈 오후처럼 그대가 서 있다
―「그대」 전문

대체로, 시간은 수직성, 공간은 수평적 성향으로 인식한
다. 이러한 인식을 바탕으로 최해돈 시인은 시간과 공간의
교집합(交集合)적 특성을 작품에 담아낸다. 보편적 인식의
범주에서 보면, 시간은 흐르는 것으로 되어 있다. 그 흐름
의 이편과 저편은 바로 공간적 특성이며, 두 지점의 '사이'
에 '그대'가 서 있다. 이 작품에서 '그대'는 '빈 오후'와 같은
쓸쓸한 서정을 내포한다. 이 작품은 특성은 3행이라는 단형
에 그리운 '그대'를 분명하게 담아내었다는 것이다. 특히
'오후'라는 시간 개념에 '비어 있다'는 공간 개념을 결합하
여 표현의 절정을 보이고 있다.
특정 지점으로서의 시각과 시각 사이가 '시간'이라면, 이
를 좀 더 개념적으로 확대하면 '세월'에 이르게 된다. 또한
세월은 구체적으로 잴 수 없는 특성을 지니고 있음에도 불
구하고, 수많은 작품에서 노래되고 있다. 잊을 수 없는 사
연이라든가, 아련한 그리움이라든가, 동행해야 할 미래라든
가, 수많은 성분들이 작품 속에서 그리움을 생성한다. 그는

「소」를 보면서 〈소처럼 일하시는 아버지의 손등〉을 떠올린다. 그 소가 울기라도 하면 〈소인 양 음매, 하며 날 키워 주신/ 아버지의 목소리〉가 귓가에 머문다. 이러한 그리움은 어머니를 향해서도 동질성을 띤다.

어머니께서 담아주신
홍시 상자를 트렁크에서 내리는 순간

상자에 담겨 있는 홍시들이
한순간에 불을 내뿜었다

그 불빛 속에서
가서 애들하고 먹어라 하고 말씀하신
어머니의 목소리가 들렸다.
―「불빛」 전문

그러나 세월은 만민에 평등하게 작용한다. 그래서 시인이 사랑하는 사람들도 하나씩 곁을 떠난다. 작품 「그리운 사람 떠나고」에서 〈그리운 사람 하나 둘 떠나고/ 그리운 것들 내게서 멀어져〉 가기 때문에 자신도 〈그리운 곳으로 떠나고 싶은〉 생각을 하기에 이른다. 그것도 바람이 없이 잔잔한 날, 무료한 일상에서 새로운 세계를 찾아 나서고자 한다.

이를 통하여, 그는 애상적 정서를 극복하는 내공(內攻)을 작품에 담아낸다. 세월에 따라 세상의 모든 물체가 변하겠지만, 그 변화가 거의 드러나지 않는 은행나무 노거수(老巨樹)를 통하여 내면의 그림자를 거둔다. 「여백」에서 그는 〈길가 모퉁이에 쓸쓸히 서 있는/ 은행나무 한 그루〉를 노래한다. 〈잔가지에 내려앉는/ 세월의 무게〉를 찾아내지만, 때로는 〈미풍에도 은행나무 잔가지가 부러지는/ 세상의 진리〉를 깨닫는다. 흔들림 없는 거목의 모습에서 자신의 지향을 찾아낸다. 즉 세월 속에서 그리움이 생성되지만, 그리움에 침잠하지 않고 자신을 다스리는 내공의 소유자임을 입증하는 것이다.

4. 먼 길을 걷는 깨달음의 변주(變奏)

흘러간 시간의 조각들은
모두 금빛 모래처럼 반짝거렸다
때론 바람에 낙엽이 흩날리고
자주 비와 눈이 내리기도 하였지만
흘러간 시간의 작은 조각들은
스스로 반짝이며 아름다웠다

―「먼 길」 일부

시인은 추억에서 아름다운 서정을 찾는다. 추억의 조각들은 금빛 모래처럼 반짝거리게 마련이고, 때로는 바람에 흩날리거나 비와 눈에 젖기도 하지만, 〈스스로 반짝이며〉 아름다운 것을 찾아내는 것이 바로 시인의 눈이다. 동시에 〈빈 들판에 잘 자라는 갈대처럼/ 사람들도 희망을 마시면 다시 일어날 수 있다는 걸〉 믿으며 먼 길을 간다. 그 믿음이 현실에서 이루어지거나, 혹은 이루어지지 않는다고 하더라도, 그 믿음이 있음으로 하여 추억 속의 시간은 반짝이게 마련이다.

그는 들길을 걸으면서 감상에 젖기도 하고, 새로운 다짐을 하기도 한다. 그럴 때 자신도 모르는 사이에 「독백」을 남기게 된다. 그는 〈이제 나는 내가 아니다/ 나는 이제/ 내가 아닌 새로운 나다〉라는 깨달음을 고백한다. 이는 좀 더 적극적인 사고를 동반하게 되는데, 〈흐르는 강물을 바라만 보는 내가 아니고/ 스스로 강물이 되어 흐르는 나다/ 아침 길을 걷는 내가 아니고/ 스스로 아침이 되어 길을 만드는 나〉라고 천명(闡明)하기에 이른다.

이러한 깨달음은 작품으로 투영된다. 「마음이 편해지는 법」에서 그는 〈등이 굽은 소나무를 쳐다본다〉〈쏴아 쏟아지는 빗소리를 듣는다〉〈저녁노을 보며 들길을 걷는다〉〈풀잎의 떨림을 손끝으로 느껴본다〉〈성당의 종소리를 고요히 듣는다〉 등의 행위를 열거한다. 이와 같은 행위들이 모두 소중한 서정을 내포하기 때문일 터이지만, 가장 마음이 편해지는 것은 〈한 편의 시〉을 읽을 때라고 밝힌다. 시를 빚어내는 일은 산고(産苦)를 수반하는 일이지만, 다른 시인들의 좋은 작품을 감상하는 것은 어느 정도 가벼울 수 있으리라.

그가 빚은 여러 작품을 감상하면서 시인의 내면을 집약해 놓은 것이 「들길을 걷다」로 보인다.

<blockquote>
눈이 오는 소리를 듣고자 눈길을 걷다
비가 오는 소리를 듣고자 빗길을 걷다
지난날 울다간 강물 소리를 듣고자 강둑을 걷다
너를 보내고 나를 잊고자 들길을 걷다
다시는 별과 헤어지지 않고자 밤하늘을 걷다
— 「들길을 걷다」 전문
</blockquote>

자연의 속삭임은 서정의 단초(端初)를 제공한다. '눈이 오는 소리', '비가 오는 소리', '지난날 울다간 강물소리' 등

은 시인의 내면에 특별한 울림으로 존재하고, 이 울림이 새로운 울림을 생성하여 문학 작품이 태어난다. 특히 이러한 사물들이 '너'와 연계될 때, 이 울림은 절정에 이르게 되고, 현실에서 닿을 수 없는 대상으로서의 '너'는 하늘의 '별'로 남을 수밖에 없다. 이렇듯이 시인은 들길을 걸으며 '너'와 닿아 있는 사물을 찾는다. 이 작품에서 '너'가 그리운 친구인지, 가족인지, 혹은 첫사랑의 연인인지, 또한 막연하게 그리워하는 서정적 대상인지는 분명하지 않다. 시인에게는 작은 사물을 보며 눈물을 흘릴 수 있는 여린 감수성이 상존(常存)하기 때문이다.

그리운 대상이 '시(詩)'가 되어 좋은 작품 창작을 소망하기도 한다. 들길을 걷듯이 살아가면서, 〈바람에 펄럭이는 시라도 발견을 하면/ 생각의 꼬리를 물며 깊은 사유에 빠진다/ 시 마을에 펼쳐지는 세상을 보면/ 쓸쓸했던 내 작은 가슴에/ 어느새 밤송이 같은 눈이 내리고/ 내 눈동자엔 반짝이는 저녁별을 찾아가는/ 구부러진 길이 하나〉 새롭게 생기게 된다. 이 길을 「홀로 걸으며」 상상의 영역을 넓혀 「시를 쓰면」 〈마음이 편해진다/ 마음이 행복해진다// 어둡던 마음에 등불이 환히 켜진다〉고 노래한다. 이러한 환희는 좀 더 좋은 작품 창작을 소망하기에 이른다.

한 마리 새의
촘촘한 발자국처럼

나도 좀 촘촘해져야 하리
— 「발자국」 전문

모래밭이거나 하얀 눈밭에서 시인은 새의 '발자국'을 목
격한다. 자신의 발자국과 대조하면서 그 보폭(步幅)의 차가
엄청남을 깨닫는다. 이러한 흔적은 자연에서 비롯된 존재
그 자체일 터이지만, 이것이 문학 작품으로 빚어질 때 그
의미는 완전히 새로워진다. 시인은 자신의 생활에서 치밀하
지 못함을 찾아낸 듯하다. 자신의 작품에서 단단하지 못한
부분을 본 듯하다. 그리하여 새의 조밀한 발자국처럼 촘촘
해져야 함을 깨닫는다.

이러한 깨달음으로 작품 창작에 나서는 최해돈 시인은
믿음직하다. 앞으로 그가 이루어낼 서정의 탑이 멋지고 훌
륭하리라는 것을 확신하게 한다. 〈어린 시절 꾸었던 꿈들이
자라〉〈그리운 사랑의 열매가 되어〉 수많은 독자들과 서정
의 울림을 공유할 것이다. 이러한 기대로 최해돈 시인의 첫
시집에 수록된 작품의 감상을 마친다.

■
시인의 말

    어두운 밤길을 그냥 걸어가는 것보다는 등불을 들고 별을 사랑하는 마음으로 걷는 것이 더 좋겠다는 생각이 든다.

    시를 읽고 쓴다는 일, 그것은 어찌 보면 스스로의 쓸쓸한 여정이라고 여겨지지만 세상에 존재하는 그 무엇보다도 숭고한 일임에 틀림이 없으리라.

    매우 나약하다고 할 수 있는 나의 첫 시집이 이 시집을 읽는 세상 사람들에게 어두운 밤길을 밝히는 등불이 된다면 참 좋겠다.

2010년 봄
최해돈

밤에 온 편지

최해돈 시집

발 행 일 ‖ 2010년 3월 30일

지 은 이 ‖ 최해돈
발 행 인 ‖ 李憲錫
발 행 처 ‖ 오늘의문학사
출판등록 ‖ 제55호(1993년 6월 23일)

주　　소 ‖ 대전광역시 동구 삼성1동 125-6 한밭오피스텔 401호
전화번호 ‖ (042)624-2980
팩　　스 ‖ (042)628-2983
홈페이지 ‖ http://www.lito77.co.kr(홈페이지)
전자우편 ‖ hs2980@hanmail.net

ISBN 89-5669-367-5　03810
ⓒ 최해돈. 2010
값 7,000원

* 잘못된 책은 바꾸어 드립니다.
* 이 시집은 충청북도 문화예술진흥기금을 지원받아
　발간하였습니다.